EXAMEN

DE QUELQUES PASSAGES DU

MÉMOIRE DE M. MANGON DE LA LANDE,

SUR L'ANTIQUITÉ DES PEUPLES DE BAYEUX.

Examen

DE QUELQUES PASSAGES DU

MÉMOIRE DE M. MANGON DE LA LANDE,

SUR L'ANTIQUITÉ DES PEUPLES DE BAYEUX,

PAR M. DE CAYROL,

Membre correspondant de l'Académie Ébroïcienne, de l'Académie
d'Amiens et de la Société de l'Histoire de France, etc.

LOUVIERS,

CH. ACHAINTRE, IMPRIMEUR DE L'ACADÉMIE ÉBROÏCIENNE.

—

1835.

EXAMEN

DE QUELQUES PASSAGES DU

Mémoire sur l'Antiquité des peuples

DE BAYEUX,

QUE M. MANGON DE LA LANDE A FAIT PARAÎTRE EN 1834.

Amicus Plato, magis amica veritas.

M. Mangon de la Lande, obligé de quitter Bayeux pour aller remplir, sur un autre point de la France, des fonctions
administratives plus importantes que celles qui l'avaient retenu
momentanément en Normandie, n'a pas voulu, à ce qu'il paraît, s'éloigner pour toujours de cette province sans y laisser
un témoignage durable des recherches historiques qu'il a cru
devoir faire sur les antiquités du pays ; et il a pensé, avec raison, que le meilleur moyen, pour donner une valeur locale
à son travail, était de flatter l'amour-propre des habitans de
la ville où il avait été employé, en essayant de prouver que
leurs ancêtres jouissaient parmi les Gaulois, à l'époque de l'invasion de César, d'une position beaucoup plus importante
que celle qui leur a été accordée jusqu'à ce jour par les historiens et les géographes, qui n'ont donné à Bayeux qu'un
rang secondaire dans la confédération des peuples de la Gaule.

Le travail de M. de la Lande sur Bayeux est donc absolument semblable à celui qu'il exécuta en 1825 ; quand, placé à Saint-Quentin et voulant s'attirer la bienveillance des habitans de cette ville, il ne trouva rien de mieux que de faire revivre les prétentions qu'elle avait eu autrefois de disputer aux vieilles murailles d'Amiens le nom de *Samarobriva*.

Mais si la question que M. de la Lande vient de soulever en faveur de Bayeux est identiquement la même que celle traitée par ce savant au profit de Saint-Quentin, il existe cependant une grande différence entre la position respective de ces deux villes, car en dotant Bayeux du nom d'*Augustodurum*, M. de la Lande, cette fois, semble ne porter préjudice à aucune autre ville des environs ; c'est tout simplement un nom qu'il exhume des débris du passé pour l'appliquer plutôt à Bayeux qu'à tout autre point de la Normandie. Personne n'a donc, en quelque sorte, le droit de se plaindre de la prédilection de M. de la Lande pour Bayeux dans cette circonstance, et l'amour de la vérité est le seul motif qui peut engager la critique à rechercher si les bases sur lesquelles repose l'édifice qu'il vient d'élever sont solides : en effet, que Bayeux ait eu pour nom, sous la domination romaine, *Nœomagus* plutôt qu'*Arœgenus* et qu'*Augustodurum* remplace aujourd'hui l'un ou l'autre des deux noms qui lui ont été alternativement appliqués, c'est une chose tout-à-fait indifférente aux autres habitans de la Normandie ; ceux de Bayeux seuls ont un véritable intérêt dans la question de savoir lequel de ces trois noms est préférable sous le rapport de l'antiquité, et s'il y a plus d'honneur, pour cette ville, de posséder celui qui se termine en *um* que de porter ceux dont la désinence est en *us*.

Il n'en était pas de même par rapport à Saint-Quentin, puisque le nom de *Samarobriva*, que M. de la Lande voulait lui donner, appartenait déjà, d'après tous les documens les plus authentiques de l'histoire, à la ville d'Amiens ; aussi à peine M. de la Lande eut-il publié son premier mémoire, en 1825 [1], que plusieurs défenseurs d'Amiens entrèrent en lice, et prouvèrent, avec assez de succès, à leur antagoniste ; que, malgré son attaque, la capitale de la Picardie n'en resterait pas moins en possession de son antique héritage. En effet, on vit par les trois autres dissertations, que M. de la Lande fit paraître successivement de 1827 à 1829, pour répondre à ses adversaires, qu'il demeurait constamment renfermé dans le même cercle, et que ses argumens n'avaient pas acquis plus de force depuis 1825.

Fatigué d'une lutte aussi prolongée et ne portant plus sans doute aux habitans de Saint-Quentin, depuis son départ de cette ville, le même intérêt qu'à l'époque où il présidait la Société Académique, M. de la Lande prit enfin le parti du silence et il laissa un autre champion ramasser le gant que je vins jeter à mon tour sur le champ de bataille, en 1832 ; toutefois, on crut entrevoir dans l'ouvrage du nouveau défenseur de Saint-Quentin, [2] différens passages qui rappelaient le style du premier mémoire de M. de la Lande, et il s'y trouvait surtout un article [3] relatif au calcul des distances employées par César, dans lequel j'ai cru positivement reconnaître la plume de l'ancien président de la Société Académique ; et ce qui me confirme aujourd'hui combien mon opinion à cet égard était fondée, c'est ce que M. de la Lande vient de repro-

[1] *Dissertation sur Samarobriva, ancienne ville de la Gaule*, in-8° de 48 pages.

[2] *Samarobrive, ou Saint-Quentin, notes critiques et géographiques sur la Samarobriva, de M. de C.*, membre de l'Académie d'Amiens. Par Ch. Quentin, etc , 1832, in-8° de 87 pages

[3] Page 31.

duire dans son mémoire sur Bayeux le même moyen pour justifier l'application qu'il fait à cette ville du mot *Augustodurum* : frappé de ce rapprochement, l'idée m'est venue d'exa-
miner avec plus d'attention le nouveau travail de M. de la
Lande et de rechercher, dans le seul intérêt de la vérité et de
l'histoire, comme je viens de le dire, si les preuves qu'il ap-
porte à l'appui de ses assertions en faveur de Bayeux, valent
mieux que celles dont il s'est servi en 1825 pour essayer d'en-
lever à la capitale de la Picardie son vieux titre historique, et si
ses hypothèses offrent, cette fois, moins de prise à la critique :
il me serait fort agréable, et j'en fais volontiers l'aveu, de pou-
voir être convaincu que Bayeux occupe véritablement l'em-
placement de l'*Augustodurum* des Romains, parce que cette
découverte conduirait peut-être à me persuader aussi que j'ai
eu tort dans ma première discussion avec M. de la Lande, et
je serais alors dispensé de griffonner d'autre papier pour répondre aux *Notes critiques* de M Ch. Quentin ; enfin j'éprou-
verais un vrai plaisir de retrouver les braves *Veromandins* res-
suscités, riches, puissans et nombreux dans leur *Samarobriva*,
deux ans environ après que César les avait tous exterminés sur
les bords de la Sambre ou de l'Escaut, comme le voudra M. Le
Glay, qui m'a bien promis de ne pas les laisser dormir long-
tems[1] sur le champ de bataille indiqué par César.

Dans les premières lignes du mémoire de M. de la Lande,
sur les antiquités des peuples à Bayeux, on remarque une

---

[1] M. Le Glay, président de la Société d'Emulation de Cambray, ayant
émis l'opinion, dans les mémoires de cette société, que la bataille livrée
par César aux *Nervii* et leurs alliés, avait eu lieu sur les bords de l'Escaut, et non pas sur ceux de la Sambre, comme l'indique César dans plusieurs endroits de ses commentaires, je lui adressai une lettre en forme de
dissertation contre cette opinion. M Le Glay me promit alors une réponse,
et je l'attends toujours depuis 1832, que ma lettre a été imprimée.

espèce de contradiction entre cette phrase [1] relative aux antiquités celtiques qui doivent exister dans les environs de Bayeux.

« Quand aux monumens, nous n'aurons à consulter que
» nos éternelles pierres brutes, encore sont-elles éparsés çà
» et là, très peu communes d'ailleurs, encore moins étu-
» diées, etc. »

Et cet autre passage : [2]

« Nous pourrions aussi montrer nos antiquités, nous pour-
» rions en rencontrer d'assez importantes pour les montrer
» avec orgueil et les présenter comme antérieures, même à
» celle de l'antique Egypte. »

En effet, M. de la Lande semble d'abord faire pressentir à son lecteur qu'il n'aura que peu de choses à dire de *ces éternelles pierres brutes*. Tandis que sa seconde phrase lui promet une abondance de preuves monumentales à l'appui des assertions qu'il se propose d'établir.

Oubliant donc sa première proposition pour ne s'occuper que de la seconde, il finit par s'écrier : [3]

« Qu'il a vu *de ces* pierres levées, *de ces* menhirs, *de ces*
» dolmens, *de ces* cromlechs, *de ces* cercles druidiques, *de*
» *ces* obélisques bruts. »

Quoiqu'il ne puisse pas ignorer qu'aucun de ces monumens n'existe aujourd'hui aux environs de Bayeux, d'après cette assertion si positive de M. Pluquet, dans son *Essai historique sur la ville de Bayeux*, [4] « nous ne connaissons dans no-
» tre arrondissement aucuns monumens de la Grèce. »

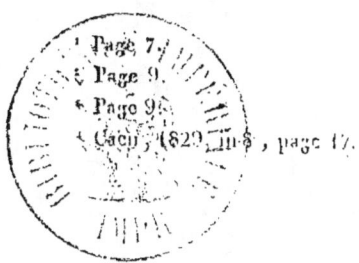

[1] Page 7.
[2] Page 9.
[3] Page 9.
[4] Caen, 1829, in-8 , page 17.

Alors tous ces monumens que M. de la Lande a *vu* en si grande quantité aux environs de Bayeux, peuvent se comparer aux camps des lieutenans de César, qu'il a si libéralement disséminés autour de Saint-Quentin, dans ses différens mémoires sur *Samarobriva*. Ainsi, ses inventions druidiques ne paraissent pas devoir mériter plus de croyance que les savans calculs au moyen desquels il a fait manœuvrer les troupes de César à travers le pays des *Veromandui*.

Toutes les assertions de M. de la Lande ne reposent donc, cette fois comme la première, que sur des suppositions hasardées, sans preuves positives, et c'est ce qui fait qu'au lieu de tous les *de ces*, *de ces* et *de ces* qu'il a vu [1], il finit par revenir en quelque sorte à sa première proposition et par déclarer : [2]

« Qu'il n'a pu guère interroger que des traditions, des » noms et des probabilités. »

Et par se demander : [3]

« De quelle nature étaient ces monumens? » qu'il vient de nous dire avoir eu sous les yeux. Toutefois, à force de chercher, M. de la Lande a fini par trouver : [4]

« Dans un bâtiment nouveau, deux pierres très volumi-» neuses qui font disparate avec toutes les autres employées » dans la même construction, qui ont été taillées et équar-» ries. »

Remarquez bien cette dernière circonstance :

« Et il les a reconnues malgré la transformation qu'elles » ont subi, pour quelques-unes de ces pierres d'enceinte qui

[1] Page 9.
[2] Page 31.
[3] Page 34.
[4] Page 42.

» sous le nom de cercles druidiques, défendaient l'abord des
» sanctuaires. [1] »

Mais ce n'est pas tout, et voilà que M. de la Lande trouve [2]
dans son jardin de Bayeux, l'une de ces haches de pierre qui
sont si communes dans toutes les parties de la France, et il en
fait de suite, de son autorité privée, *un couteau druidique*,
avançant même avec assurance [3] que le couteau

« A appartenu aux ministres qui exerçaient le culte druidi-
» que sur le mont Phaunus, et qu'en le considérant avec une
» extrême attention et même à la lonpe, on reconnaît visible-
» blement que le jade est empreint de taches de sang, qu'il
» serait impossible de faire disparaître. »

Et voilà justement, pour me servir de l'expression de Voltaire, *comme* M. de la Lande *écrit l'histoire !* et comment il
prouve [4] que Bayeux était *le point central d'un corps de peuple*, lors de la conquête des Gaules par César, et que c'est le
peuple dont le vainqueur a parlé au 75ᵉ paragraphe du VIIᵉ
livre de ses Commentaires, sous la dénomination de *Bellocassis*.

Si je voulais me livrer à un examen approfondi des raisonnemens employés par M. de la Lande, pour soutenir cette opinion, il me serait facile de démontrer qu'il a mal interprété le
sens de César pour en tirer la conséquence que le nom de *Bellocassis* doit s'appliquer exclusivement aux habitans primi-
tifs de Bayeux ; mais cette discussion me menerait trop loin,
parce qu'il faudrait sur ces cinq mots de César, *Bellocassis*,
Lexoviis, *Aulercis Eburonibus*, *Terna*, donner un commen-

---

[1] Page 43.
[2] Page 15.
[3] Page 17.
[4] Page 61.

taire de cinq pages qui serait fort ennuyeux ; ainsi je me hâte
de passer à un article moins susceptible d'une érudition somni-
fère, et qui, je l'espère, fournira la preuve que M. de la
Lande sait trouver dans un auteur, ce qu'un autre y cherche-
rait en vain, quand il a besoin du témoignage de cet auteur
pour appuyer la proposition qu'il veut démontrer. Enfin,
cet article nous mettra sur la voie des recherches importantes
que M. de la Lande vient de faire sur la langue celtique et qui
l'ont conduit à trouver une savante étymologie du mot *durum*;
étymologie dont la découverte peut aller de pair avec celle des
deux pierres et du couteau gaulois dont il vient d'être question.

Toutefois, je ne veux pas quitter l'article des *Bellocassis*
sans faire remarquer avec quelle complaisance M. de la Lande
cite [1], encore cette fois, en première ligne, à l'appui de ses assertions géographiques, et toujours dans les termes dont il
m'est difficile d'oublier la teneur :[2] « Le docte et profond
» Marlianus ! Marlianus qui a certainement le mieux compris
» César, et qui, par les savans eux-mêmes, fut appelé *Vir
» clarissimus et sui temporis eruditissimus.* »

Pline et Ptolomée sont encore ici [3], comme dans ses mémoires, sur *Samarobriva*, sacrifiés au grand *Marlianus* [4] et à son

[1] Page 14.

[2] M. de la Lande a déjà dit dans sa première dissertation sur *Samarobriva*, page 20, « *Enfin Marlianus, vir sui temporis eruditissimus.* »

[3] Page 16.

[4] On ne trouve quelques traces de cet auteur tant vanté par M. de la
Lande, que dans la *Bibliothèque historique de la France*, du Père Lelong,
t. 1, N° 117 et 118, où il indique deux de ses ouvrages, ayant pour titre, le
premier, *Index nominum, urbium et populorum, qui in commentariis C. J.
Cæsaris habentur.* Parisiis, 1522, in-4°, et le second, *Veterum Galliæ lo-
corum, populorum, urbium, montium ac fluviorum alphabetica descriptio,* etc.

camarade *Glareanus*; [1] car jamais M. de la Lande ne sépare ces deux savans, tandis qu'il a toujours soin de laisser de côté d'Anville et les autres ignorans de son espèce, tels que Sanson et l'abbé Le Bœuf, qui ne sont pas tout-à-fait de son avis sur l'application exclusive aux peuples de Bayeux du mot *Bellocassis*, et surtout du mot *Augustodurum*, dont M. de la Lande a absolument besoin pour donner une apparence de vraisemblance à toutes ses hypothèses.

Aussi, pour arriver à la conquête de ce mot en faveur de Bayeux, M. de la Lande n'hésite pas, comme je viens de le dire, à se créer les textes qui lui manquent et que lui ont refusé les consciencieuses recherches de d'Anville, de l'abbé Le Bœuf [2] et de Sanson, qui placent cette ville sur un autre point que celui de Bayeux : voici donc sa manière de procéder et ce que son mémoire porte textuellement à cet égard : [3]

« J'ai déjà dit qu'*Augustodurum* était un nom gallo-romain, » et, en effet, les deux étymologies latine et gauloise s'y trou-

Lugduni, 1560, et Venitiis, 1575, in-8°. Il cite encore de cet auteur une édition des Commentaires de César, avec des notes, Venise, 1518, in-folio, t. 1, n° 3879, page 238. Le Père Le Long ajoute au supplément, t. 4, page 222, que Raymond Marlian était de Milan et qu'il professa le droit canonique, en 1457, à l'université de Dole; Moreri, Niaron et la Biographie universelle ont dédaigné de parler de cet obscur écrivain.

[1] J'avais cru d'abord que cet auteur était celui auquel la Biographie universelle a consacré un article sous les prénoms de *Henri Lauriti ;* mais le Père Le Long m'a détrompé en me faisant connaître que le *Glareanus* de M. de la Lande est celui portant le prénom de *Jean*, qui a donné une édition des Commentaires de César avec *Marlianus*, sous le titre : *Cum notis Johannis Glareani und cum Marliani descriptione Gallicâ*, Parisiis, 1544, in-8°. Aucun biographe n'a parlé de ce camarade de *Marlianus*, Voyez Bib. hist. de la Fr. etc., page 238.

[2] Voyez Mémoire de l'Acad. des inscriptions, éd. in-12, t. 37, p. 304.

[3] Page 66.

» vent réunies : l'une nous rappelle le beau siècle d'Auguste,
» l'autre nous reporte à des siècles bien antérieurs et au sou-
» venir de nos pères. Sous ce dernier rapport, je puiserai
» mon autorité chez un savant et judicieux écrivain, chez le
» célèbre et modeste Bergier : c'est Bergier [1] qui va me prêter
» son appui et me faire appliquer à la ville de Bayeux ce qu'il
» a dit de la ville de Metz ; de cette ville dont l'antiquité bien
» connue est, en quelque sorte, consacrée par ce vers histo-
» rique :

     » *Longo divodurum procecessit tempore romam.*

» Or, voici comment s'exprime Bergier :
» Les Gaulois devenus plus industrieux par une longue ex-
» périence, commencèrent la fondation des villes par des
» *tours*, qui leur servaient de défense contre leurs ennemis.
» On sait qu'une *tour* se disait, en gaulois, *duren*, que l'on a
» latinisé en *durum*, et comme les fondateurs de la ville de
» Metz ont commencé leur ouvrage par une *tour* qu'ils consa-
» crèrent à leurs dieux, les Romains mêmes leur en ont conservé
» la mémoire dans le nom *Divodurum*, c'est-à-dire *durum*
» *sacrata divo* : tour consacrée aux dieux.
   » A mon tour je dirai que l'antiquité de Bayeux n'étant pas
» moins reconnue que celle de Metz, le nom d'*Augustodurum*
» qui lui est applicable, nous fait tirer cette conséquence que
» dès son origine elle fut une *tour*, puis ensuite une *ville dé-
» diée* à Auguste...
   » Et pourquoi de conséquence en conséquence n'arrive-
» rions-nous pas à croire que le mot gaulois *duren* fut le nom

---

[1] Auteur de l'Histoire des grands chemins de l'empire romain.
                      (*Note de M. de la Lande.*)

» primitif de Bayeux, comme *Duren* est encore de nos jours
» une ville au pays de Juliers. »

Voyons maintenant ce que nous devons penser de cette érudition étymologique et de l'origine que lui assigne M. de la Lande.

D'après mon usage de recourir toujours à l'original, quand il est question de vérifier une citation, je me suis empressé de consulter les deux éditions, que j'ai dans ma bibliothèque, de l'*Histoire des grands chemins de l'empire romain*, de Bergier, savoir, la première de 1622, 1 vol. in-4°, et la troisième, de 1736, 2 vol. in-4°, pour m'assurer si véritablement Bergier était coupable d'avoir induit en erreur M. de la Lande, au sujet de l'étymologie du mot celtique *durum*, qui, comme je croyais me le rappeler, ne signifiait pas au propre *une tour*, mais bien *eau*, *mer*, *rivière*, ainsi que l'indique le dictionnaire celtique de Bullet, au mot *dur*, et *Adelung*, dans son Mithridate, t. 2, p. 57, au mot *durum*.

D'Anville, dans sa notice des Gaules, donne, au mot *Augustodurus*, la même étymologie qu'Adelung et Bullet. « Ce lieu,
» dit-il, est indiqué dans la *table théodosienne*, entre *Crociatonum* et *Arœgenus*; il faut donc en chercher la position
» entre Bayeux, qui est *Arœgenus*, et Valognes, qui est *Crociatonum*. La terminaison *durus* ou *durum* désigne, par la
» signification qui lui est propre, le passage d'une rivière, et
» sur cette route, c'est à la rivière de Vire que convient *Augustodurus*. »

Quoique l'abbé Le Bœuf ne soit pas de l'opinion de d'Anville sur les positions respectives d'*Augustodurus* et de *Crociatonum*, et qu'il ait placé l'un à Vieux, l'autre à Couvain, cependant il est tout-à-fait d'accord avec lui sur l'étymologie du mot *Augustodurus* : « C'est cette position du territoire de
» Vieux, dit-il, depuis les bords de l'Orne jusqu'à l'embou-

» chure du ruisseau de Guine, qui donne lieu à la terminaison
» de *durum*, que porte cette ancienne ville. »

On voit, d'après ces autorités, que M. de la Lande s'est
complètement trompé au sujet de l'étymologie du mot *durum*;
mais ce qui est bien plus fort encore, que d'employer l'accep-
tion vicieuse d'un mot pour justifier son hypothèse sur la position d'*Augustodurus*, c'est de prétendre avoir trouvé cette
définition de la désinence *durum* dans l'ouvrage de Bergier.

J'ai donc consulté avec soin, comme je viens de le dire, les
deux éditions de son ouvrage que je possède, et voici le résul-
tat de mes recherches, qu'il me paraît nécessaire de consigner
ici, afin que l'on puisse être à même de vérifier si les passages
suivans ne sont pas absolument les seuls dans lesquels Bergier
a fait mention de la ville de Metz et du mot *Divodurum*.

1° Edition de 1622, pages 342, 343 et 344.

Edition de 1736, t. 1er, pages 363, 364 et 365.

A Durocortoro Divodurum usque M P LXII, et dans le nom-
bre des stations intermédiaires, entre Reims et Metz, il existe
une *Ibliodurum* qui se termine aussi par le mot gaulois, dont
Bergier est censé avoir donné l'étymologie, et cependant il
n'en est pas ici question.

2° Edition de 1622, p. 487 et 488.

Edition de 1736, t. 1er, p. 64 et 65.

Bergier, en parlant du même itinéraire, *a Durocortoro Divodurum usque*, s'étend davantage sur *Ibliodurum*, dont An-
vier a envain cherché la situation, et il ajoute : « Quant aux
» noms des villes et autres lieux mentionnés ès-dits deux che-
» mins, il est bien difficile de déterminer maintenant quels ils
» sont, n'y où précisément ils sont assis, à raison des noms
» gaulois fort changés et altérés par les Latins, et de la lon-
» gueur des siècles, qui a ruiné les uns et construit les autres
» de nouveau... Il n'y a que les plus grosses villes qui ayent

» conservé leurs noms et leur connaissance en la mémoire
» des hommes, comme au premier chemin de Reims à Metz
» la ville de Verdun, dite *Virodunum*; au second, *Nasium*,
» qui est Nancy; *Tullum*, Toul, et *le nom même de Divodu-*
» *rum, qui est la ville de Metz*. Tacite est le premier de tous
» qui a mis ce nom en avant dans son histoire; Ptolémée le
» donne pour capitale des peuples qu'il appelle *Mediomatri-*
» *ces*, et les Latins, *Mediomatricos*. De ce dernier, Ammien
» Marcellin appelle la ville de Metz, étant arrivé de son tems,
» qu'à plusieurs grandes villes de France, les noms-propres
» anciens ont été changés en ceux des peuples desquels elles
» étaient capitales ou métropolitaines, comme *Durocortum*,
» *Rhemi*, Reims; *Lutetia, Parisii*, Paris; *Augusta-Trevero-*
» *rum, Treveri*, Trèves; *Samarobriga, Ambiani*, Amiens, etc.

Il n'est pas encore question, dans ce passage, de l'étymologie du mot *durum*, et cependant c'était bien le cas de s'y arrêter si Bergier avait eu la pensée d'en entretenir son lecteur.
D'après ce qu'il dit ici de *Samarobriva*, M. de la Lande, au lieu
de trouver aujourd'hui dans l'*Histoire des grands chemins de
l'empire romain* ce qui n'y est pas, aurait mieux fait, il y a
quelques années, d'y prendre ce qui s'y trouve véritablement,
et alors ce savant se serait épargné toutes ses hypothèses au
sujet de *Samarobriva*, en admettant toutefois que l'autorité
de Bergier aurait eu alors à ses yeux la valeur qu'il lui accorde
aujourd'hui.

En suivant le même chapitre de Bergier, je trouve encore,
page 491 de l'édition de 1622 et page 68 du 2ᵉ volume de
celle de 1736, le petit passage suivant :

« Anverius dit que *Duronum* est un bourg de Thiérrache,
» appelé *Doren*, en quoi je ne saurais contredire; n'en ayant
» jamais ouï parler. »

Nous voilà bien près, cette fois, du *Duren* de M. de la

Lande, car il est évident que les mots *Duronum*, *doren* et *duren* ont la même étymologie que *durum*; hé bien! Bergier n'en dit encore rien. Voyons donc plus loin, dans un autre article, où il est toujours question de Metz, si nous finirons par arriver au passage cité par M. de la Lande :

3° Edition de 1622, page 500.

Edition de 1736, t. 2°, p. 77.

« Tels sont les trois chemins qui ont leur première racine » à Reims : dont l'un s'en va droit à Trèves et les deux autres » à Metz. »

Ici il n'est pas même question du mot *Divodurum*. Ainsi, il faut encore passer outre si nous voulons le retrouver.

4° Edition de 1622, p. 718.

Edition de 1736, t. 2°, p. 306.

« Philippus Cluverius écrivant de la ville de Metz et de l'an- » cien peuple des environs et tombant sur un lieu dit *ad Duo-* » *decimum*, qui se trouve au chemin de Strasbourg à Toul, » dans l'itinéraire d'Antonin, fait le même jugement, savoir : » que ce lieu ainsi dénommé tient son nom de la douzième » colonne plantée sur le chemin dessus dit, à compter de la » ville de Metz, comme de la capitale de la province et du » pays Messin. »

Bergier cite ensuite le passage latin de Cluvier, où se retrouve notre mot *Divodurum*, et toujours sans rien dire de son étymologie.

Comme dans le reste de son ouvrage, les mots *Metz* et *Divodurum* ne se rencontrent plus; je puis donc conclure de toutes les citations textuelles, mentionnées ci-dessus, que celle indiquée par M. de la Lande n'existe pas dans l'ouvrage de Bergier, où il dit l'avoir prise, et j'ajouterai, pour venir à l'appui du silence qu'il garde au sujet de l'étymologie de ce mot qu'aux chapitres 31 et 36 du livre III, il cite encore

d'autres noms de ville dont la terminaison est analogue à ce-
lui-ci, tels que *Velatudurum*, *Antesiodorum* et *Ictodurum*, sans
s'y arrêter d'une manière particulière.

Enfin je ferai remarquer que la phrase prêtée à Bergier par
M. de la Lande, doit d'autant moins appartenir à cet auteur,
qu'en la comparant à celles que je viens de citer textuellement, on trouvera qu'elle a, si je puis m'exprimer ainsi, un
certain parfum moderne qui trahit son origine et nous démon-
tre que M. de la Lande n'est pas très expert dans l'art de se
composer un texte, et que son talent, à cet égard, peut se
comparer à celui de l'auteur des *Souvenirs de madame de
Créquy*, quand il fabrique une lettre de Voltaire.

En voilà peut-être beaucoup trop long sur cet article ; mais
il m'était difficile d'être plus court d'après le désir que j'avais
de prouver que le savant et consciencieux Bergier ne pouvait
pas être coupable de l'étymologie que lui impute M. de la
Lande, au sujet du mot *Augustodurum*, dont il éprouvait le
besoin d'accommoder la terminaison celtique avec la position
du vieux château de Bayeux.

Voyons maintenant si M. de la Lande a été plus heureux
dans son interprétation des inscriptions de deux colonnes milliaires trouvées dans les fondations du château, quand il fut
démoli, de 1796 à 1803.

Comme les inscriptions mutilées de ces deux colonnes pré-
sentent pour derniers mots, l'une AVGVSTODVR L IIII, et l'autre AVGDVR LVI. M. de la Lande, avec son assurance ordinaire,
n'hésite pas à appliquer exclusivement à la ville de Bayeux les
deux mots tronqués que je viens de citer, et c'est pour appuyer
cette conjecture par une idée nouvelle, qu'il a trouvé dans
Bergier le passage sur lequel je me suis si longuement étendu ;

et cependant M. Pluquet, qui a donné avant M. de la Lande
le texte de ces inscriptions dans son *Essai historique sur
Bayeux*, termine l'article qu'il leur a consacré en disant : [1]
« Ces deux inscriptions sont importantes pour fixer la posi-
» tion d'*Augustodurum*, poste ou station militaire que les uns
» placent à Semilly, d'autres à Saint-Fromont, quelques-uns à
» Vieux et même à Harcourt. »

M. de la Lande qui n'est pas de cet avis et qui veut absolument, malgré d'Anville, Le Bœuf, Sanson et tant d'autres,
comme on vient de le voir, que Bayeux soit *Augustodurum*,
fait encore mention [2] d'une autre colonne milliaire trouvée
également dans les fondations du château de Bayeux, et dont
l'inscription, quoique mutilée encore plus que les deux autres,
n'en est pas moins, pour lui, une preuve nouvelle qu'il a
irrévocablement trouvé le point où il faut placer la ville principale des *Bellocassis*, et alors il nous dit : « De tout ce qui
» précède, je tire la conséquence qu'après que les colonnes
» milliaires eurent été renversées sur les routes, pendant les
» premières invasions saxonnes, les Romains, par respect
» pour le nom des empereurs qu'on y lisait, les transportè-
» rent au chef-lieu le plus voisin et les déposèrent dans un
» établissement public, auprès d'une autorité quelconque ; il
» est à croire qu'ensuite, mais long-tems après, ces milliaires
» n'ayant plus aucune importance, sous un tout autre gouver-
» nement, furent jetées, comme pierres inutiles, dans les
» fondemens d'un nouvel édifice. »

Il est impossible de ne pas rire en voyant un savant tel que
M. de la Lande émettre sérieusement une pareille idée pour
appuyer une assertion historique : qu'on se figure, en effet, à

[1] Page 26.
[2] Page 78.

l'époque de l'invasion des armées étrangères dans la Ficardie, M. de la Lande, occupé à faire charrier à Saint-Quentin, où peut-être il était déjà employé à cette époque, toutes les bornes indicatives des lieues de poste qui pouvaient se trouver aux environs de cette ville, afin d'empêcher les alliés de mutiler le signe de l'indépendance française qu'elles portaient ordinairement et qu'on avait substitué, pendant la révolution, à la fleur de lys dont elles étaient anciennement marquées.

Spectatum admissi risum teneatis amici. (Hor.)

Mais quittons la plaisanterie et revenons à cette troisième colonne milliaire citée par M. de la Lande et qui lui donne l'occasion de reproduire indirectement sa principale attaque contre la ville d'Amiens, tout en ayant l'air de vouloir seulement apporter une preuve de plus pour démontrer que Bayeux est bien l'*Augustodurum* des Romains.

Voici le passage : « Nous rencontrons, dit-il,[1] sur cette pre-
» mière voie (celle de Lisieux à Bayeux) la commune d'Eter-
» ville, *Strata*, et plus loin celle du Manoir, *Mansio*, où il
» existe encore aujourd'hui en son lieu-même, une colonne
» milliaire qui marque positivement la distance, connue entre
» cet ancien lieu de Gite et la ville de Bayeux ; voici l'inscrip-
» tion mutilée de cette colonne, elle est en très beaux carac-
» tères :

» DRVSI...F
» GVSTVS
» CVS PONTIFEX
» TRIBVNICIA
» TAE V
» PP CO III
» NAT P-V

[1] Pages 82 et 83.

M. de la Lande suppléant à ce qui manque dans cette inscription, n'hésite pas à en rétablir la fin de la manière suivante :

Ab Augusto duro millia passuum V.

Et il part de cette restauration pour nous dire :

« Ici je dois chercher à tirer parti de cette inscription pour
» faire remarquer que sous les premiers empereurs, dans les
» tems les plus rapprochés de César, les distances étaient cal-
» culées et marquées en mille romains, tandis que deux cents
» ans plus tard, comme nous l'avons vu sur les colonnes du
» VII° Sévère (les deux premières découvertes dans le château
» de Bayeux), les distances étaient souvent marquées en
» lieues gauloises.

» Cette remarque, ajoute-t-il, est essentielle, elle réfute na-
» rellement tout système qui tendrait à insinuer que César,
» dans ses Commentaires, en se servant du mille romain pour
» exprimer les distances, *n'a réellement employé que la mesure
» gauloise; ou autrement, que quand César dit un mille il veut
» dire une lieue;* or, les cinq milles marqués sur la colonne du
» Manoir, encore en son lieu primitif, expriment bien exac-
» tement la lieue et trois quarts environ qui existent réelle-
» ment entre le Manoir et Bayeux, et non pas cinq lieues
» gauloises, qui feraient deux lieues et demie de nos lieues
» actuelles.

» On sait d'ailleurs que c'est à une preuve de ce genre que
» nos savans ont eu recours pour déterminer les distances
» données par César; or, voici cette preuve, *elle est sans ré-
» plique :*

» Les colonnes milliaires du Languedoc, sur la voie romaine
» qui va de Beaucaire à Nîmes, n'ayant pas été déplacées, on
» a pu mesurer avec certitude les distances de l'une à l'autre,
» de sorte que la valeur du mille romain qu'on ne savait pas

» au juste, est fixée, par ces pierres; ce mille est de sept cent
» cinquante-deux toises quatre pouces. »

Cette *preuve sans réplique*, M. de la Lande nous dit l'avoir
copiée dans un ouvrage appelé, suivant lui, le *Dictionnaire
des Gaules*, qu'il ne désigne pas autrement et dont il n'indique
ni l'auteur ni l'édition, mais que je présume être le *Dictionnaire géographique des Gaules et de la France*, par M. l'abbé
Expilly, Paris, 1762 et années suivantes, 6 vol. in-f°, ouvrage
dont le Père Lelong fait mention dans sa *Bibliothèque historique de la France*, sous le n° 17.

Malheureusement l'abbé Expilly n'a pu mettre la dernière
main à cet ouvrage, qui est resté imparfait; ainsi malgré les
connaissances profondes qu'il possédait en histoire et surtout
en géographie, on ne peut pas considérer toutes les assertions
que ce dictionnaire renferme, comme des *preuves sans réplique*, surtout quand elles sont balancées par les opinions d'é-
crivains dont l'autorité peut équivaloir à la sienne, et, de plus,
quand il existe des faits qui valent mieux pour éclaircir une
question controversée que tous les raisonnemens du monde,
car comme l'énonce je ne sais plus quel vieux dicton, *il n'y a
rien de plus entêté qu'un fait*. Ainsi je suis persuadé que M. de
la Lande ne se serait pas cru autorisé à nous administrer sa
preuve sans réplique, tirée de l'abbé Expilly, si il avait encore
cherché cette fois dans Bergier ce qui y est, au lieu d'y trouver
ce qui n'y est pas. Voici donc, sur le point qui nous occupe,
ce que dit *le savant et judicieux* historien des chemins de l'empire romain, comme l'appelle, avec raison, M. de la Lande,

Edition de 1622, page 728.

Edition de 1736, t. 2°, page 316.

« Pour ce qui touche la Gaule.... comme la lieue était la
» mesure propre des chemins au-deçà du Rhône et de la Ga-
» ronne l'itinéraire a mis en œuvre l'une et l'autre mesure,

» quelquefois séparément et quelquefois tout ensemble, ainsi
» que nous avons discouru en un autre endroit : quand à ce
» qui est du côté du Rhône, nous avons le témoignage d'Am-
» mien Marcelin et de la carte de Peutinger, qu'aussitôt que
» l'on avait passé la ville de Lyon, assise sur ledit fleuve,
» pour venir en deçà, on ne mesurait plus les distances des
» chemins par milles, mais par lieues. Davantage nous avons
» encore appris dudit auteur et de Jornandes, que la lieue
» gauloise avait un mille et demi en son étendue. De l'autorité
» de ces deux historiens, joints à l'itinéraire, nous pouvons
» colliger qu'en la Gaule de deçà le Rhône, les colonnes mil-
» liaires étaient assises par lieue et non par mille. »

Ce passage de Bergier s'accorde parfaitement avec l'opinion
de Fréret, rapportée au tome 7, page 253 de l'édition in-12 de
l'Histoire de l'Académie des inscriptions et belles-lettres, où il
est dit :

« On trouve en France plusieurs de ces colonnes, mais avec
» cette singularité qui ne se voit dans aucun autre pays, que les
» distances itinéraires sont quelquefois marquées par le nom-
» bre de lieues, *leugis*, et non par celui de milles : il faut même
» observer que ce mot *leugæ* ne se trouve pas sur toutes les
» colonnes que l'on voit dans le même canton, et que ces
» sortes de colonnes ne se rencontrent que dans la partie des
» Gaules, nommée par les Romains *Comata*, ou Chevelue, et
» dont Jules César fit la conquête. On ne voit que des colon-
» nes milliaires dans la province romaine ou dans cette partie
» de la Gaule qui s'étend d'un côté depuis la Méditerranée jus-
» qu'à la Garonne et aux Cévennes, et qui de l'autre est com-
» prise entre le Rhône, les Alpes et l'Océan et finit à la ville
» de Lyon »

Que deviennent, après les citations de Bergier et de Fréret,
les preuves sans réplique de M. de la Lande ? Mais il nous ré-

pondra sans doute qu'on doit savoir qu'il n'a jamais aucune
foi dans les auteurs qui ne partagent pas ses opinions, qu'Ammien Marcellin et Jornandes n'entendaient rien à la question,
que Fréret n'a pas le sens commun, et que l'autorité de l'abbé
Expilly doit l'emporter sur celle de tous ses antagonistes;
qu'enfin Bergier a tort cette fois puisqu'il n'est pas de son
avis.

Mais en nous assurant que sa colonne milliaire du Manoir
existe encore aujourd'hui en son lieu-même,[1] M. de la Lande
a oublié qu'il nous a dit[2] que *pendant les premières invasions
saxonnes, les Romains, par respect pour le nom des empereurs,*
avaient transportés au chef-lieu toutes les colonnes milliaires
des environs.

Il a oublié aussi ce que M. Pluquet a écrit avant lui, en 1829,
dans son *Essai historique sur Bayeux*,[3] que cette colonne,
découverte dans la commune du Manoir, était, non pas debout,
comme on pourrait le croire d'après l'assertion de M. de la
Lande, mais enterrée *à trois pieds du sol*, ce qui n'est pas du
tout la même chose.

Le *fac simile* que M. Pluquet donne de l'inscription de cette
colonne offre aussi quelque différence avec la version rapportée par M. de la Lande, et comme cette différence se remarque
principalement dans les deux lettres qui la terminent, et au
moyen desquelles il prétend prouver que du tems de César le
calcul des distances, dans le nord des Gaules, s'effectuait toujours par mille et non par lieue, il me semble essentiel de
donner aussi la copie de cette inscription d'après le texte de
M. Pluquet :

[1] Page 83.
[2] Page 78.
[3] Page 32.

« DRVSI F

» GVSTVS

» CVS PONTIFEX

» TRIBVNICIA

» I AEY

» PP COJII

» NAI

PV.

Ainsi que je viens de le dire, la différence essentielle qui se trouve entre les deux copies concerne principalement les lettres PV qui terminent l'inscription et qui n'ont point entre elles de séparation chez M. Pluquet, tandis que M. de la Lande les désunit de cette manière par un trait-d'union P-V.

Au surplus, qui peut nous garantir que le P n'est pas aussi bien la dernière lettre de l'abréviation LAP, *lapis*, que la première du mot *passuum*, et même que ces deux lettres ne font pas partie d'un mot tout-à-fait étranger à un calcul de distances, de celui d'OPVS par exemple, comme on le voit dans une inscription semblable à celle du Manoir, rapportée par Gruter, page CLXI, n° 4, ou enfin être le reste de tout autre mot dans lequel ces deux lettres peuvent se recontrer, ainsi que le prouve une foule d'inscriptions rapportées par le même auteur et que j'ai en ce moment sous les yeux.

L'existence de la colonne du Manoir, en admettant même qu'elle n'ait pas été changée de place plusieurs fois depuis Drusus jusqu'en 1834, époque à laquelle M. de la Lande a enrichi notre littérature de son savant mémoire, c'est-à-dire pendant 1788 ans, ne peut donc être d'aucun poids dans la question si lucidement traitée par M. Roger, dans son *Essai sur les mesures itinéraires employées par César, dans ses Commentaires sur la guerre des Gaules*, et inséré dans les Mémoires des Antiquaires de Normandie, année 1826, p. 266, et toutes les hypothèses de M. de la Lande, basées sur des pierres mutilées et sur des citations fautives, ne peuvent balancer les témoignages authentiques de Bergier, Fréret et les autres auteurs qui, sur le point en litige, sont d'accords avec M. Roger.

Mais il est tems d'arriver à la fin de cet examen du Mémoire de M. de la Lande, et je ne puis mieux le terminer qu'en faisant remarquer le talent avec lequel il a su grouper autour de Bayeux, transformé en *Augustodurum*, la plus grande partie de la Normandie pour former un vaste territoire aux *Bellocassis*. Toutefois cette savante création n'est véritablement qu'une seconde édition de ce *Belgium*, inventé précédemment par le même auteur et qu'il avait tellement étendu, afin d'avoir le moyen d'y placer le point qu'il assignait à sa ville de *Samarobriva*, que cette portion de la Gaule-Belgique égalait en étendue ce vaste pays.

D'après cette répétition du même moyen, je ne puis donc, malgré toute ma bonne volonté, retrouver avec M. de la Lande, *Augustodurum* dans Bayeux, et je me vois forcé de joindre son *Mémoire sur les Antiquités des peuples de Bayeux* à tous ces écrits prétendus historiques dont la presse nous inonde depuis quelques années et qui n'ont d'autre valeur que celle qu'ils obtiennent en surchargeant l'histoire de tous les oripeaux de roman.

Compiègne, le 7 mars 1835.

www.ingramcontent.com/pod-product-compliance
Lightning Source LLC
Chambersburg PA
CBHW061631180626
46818CB00005B/2324